Tienes
un vestido blanco

ARIANNE FABER
MARÍA JOSÉ FERRADA

Llegan los primeros invitados
a la fiesta del día.

Es verano,
y tienes un vestido blanco.

Al fondo de cada estanque hay una casa.
Alguien llama.

Los peces deben marcharse.

Pero antes de despedirte,
juegas con ellos una ronda.

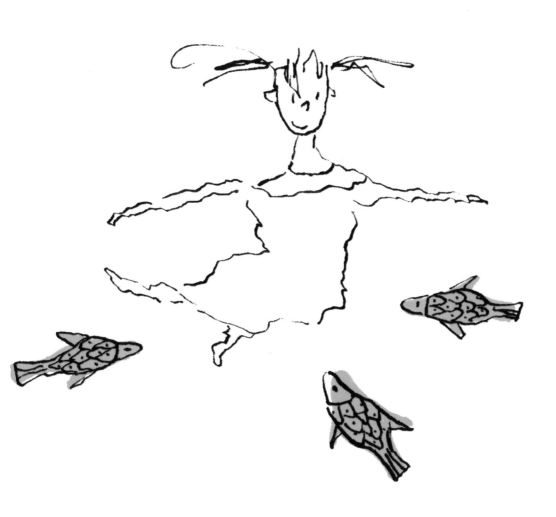

Caminas.
Y vas dejando pistas.

¿Las seguirán más tarde los insectos?

Tienes un vestido blanco.
Tienes una pradera.

El mundo se acerca y te hace cosquillas.

Te llevas el secreto:
las manchas de la vaca son pequeños continentes.

Tienes un vestido a manchas.
Tienes un vestido a rayas.

Cosas que pasan, cuando atraviesas
praderas y selvas con un vestido blanco.

Miras.
El día tiene sus propias estrellas:
manzanas, melocotones.

Y cerezas.

Tienes un vestido blanco.
Y eres una nube,

que se tiende en el cielo
a descansar.

Sueñas.
Estás en la escuela.

Y dibujas el canto de los pájaros.

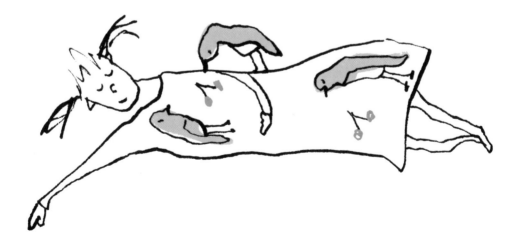

Al despertar,
no sabes por qué, pero te preguntas:

¿Soñarán los pájaros con pequeñas melodías?

Descubres el pasillo
que une la tierra a las nubes.

Los pájaros te lo dicen al oído:
cada jardín tiene uno.

Tienes un vestido blanco.
Tienes una casa,

en la que caben tú y el viento.

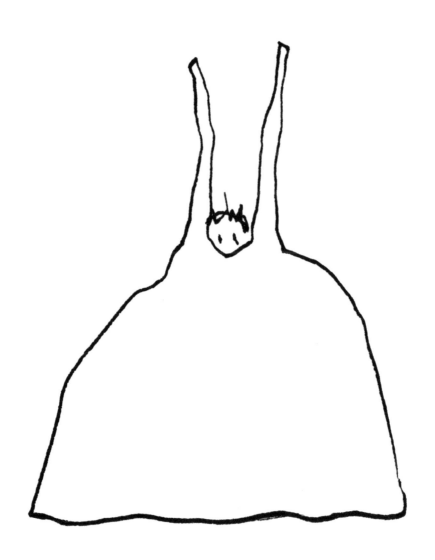

Cae la nieve.
Los lunares de tu vestido aparecen,

desaparecen,
y vuelven a aparecer.

Miras.
El sol evapora los pequeños lagos
que brotan de la tierra.

Eres la primera en descubrirlo:
otra vez es primavera.

El día llega a su fin.
Te lo dicen las flores, en su idioma.

(Y es un idioma que entienden tú y el sol.)

Mañana será otro día.

Es verano
y tienes un vestido blanco.

A la niña que llevo dentro

y para mi niña Lola, siempre

    A. F.

Para Xime cuando tenía 5 años

y usaba un vestido ecuatoriano

    M. J. F.

Diseño gráfico: Estudi Miquel Puig

Impreso en España por Gràfiques Ortells S.L.
ISBN: 978-84-942854-7-9
Depósito legal: B 4251-2015